MI VECINO
CERVANTES

A Bea y Juan, cuando eran niños.

Para la explotación en el aula de *Mi vecino Cervantes*,
existe un material con sugerencias didácticas y actividades
que está a disposición del profesorado en cualquiera de las delegaciones
de Grupo Anaya, y en www.anayainfantilyjuvenil.com

© Del texto: Rosa Huertas, 2016
© De las ilustraciones: Beatriz Castro, 2016
© De esta edición: Grupo Anaya, S. A., 2016
Juan Ignacio Luca de Tena, 15. 28027 Madrid
www.anayainfantilyjuvenil.com
e-mail: anayainfantilyjuvenil@anaya.es

Primera edición, enero 2016

ISBN: 978-84-698-0890-0
Depósito legal: M-36074-2015

Impreso en España - Printed in Spain

Las normas ortográficas seguidas son las establecidas
por la Real Academia Española en la
Ortografía de la lengua española publicada en el año 2010.

MI VECINO
CERVANTES

ROSA HUERTAS

ILUSTRACIONES DE BEATRIZ CASTRO

Lucas vivía en un viejo edificio de un antiguo barrio del centro de la ciudad. Su casa se construyó en el mismo solar donde estuvo la vivienda de Miguel de Cervantes. Pero de eso han pasado varios siglos y ya no queda ni rastro del escritor. Eso creía todo el barrio, menos Lucas.

Una mañana, en clase de Lengua, Lucas se dio cuenta de que su vecino del segundo se parecía mucho a Cervantes.

La maestra les acababa de hablar del escritor y habían visto un retrato suyo que venía en el libro.

—Es el autor de *Don Quijote de la Mancha* —explicó—, la novela más famosa de todos los tiempos.

—Entonces, ¿él también es famoso? —preguntó Lucas.

—Claro, famosísimo. En todo el mundo se conoce su libro —aseguró la maestra.

—¡Yo lo conozco! —saltó—. ¡Es mi vecino!

Todos en clase rieron a carcajadas.

—¡Pero, Lucas! —rio también la maestra—. No estabas atento. Eso que dices es imposible, acabo de contar que Cervantes murió hace cuatrocientos años.

El niño miró de nuevo el retrato del libro de Lengua
y volvió a ver el rostro exacto de su vecino del segundo:
la misma frente despejada, las mismas orejas grandes, la
boca pequeña y escondida bajo el bigote, la barba blanca
y la cara alargada. Eran iguales.

Aquella tarde, cuando Lucas salía a jugar a la calle, oyó la llave que el vecino del segundo hacía girar en la cerradura. Corrió escaleras abajo dispuesto a comprobar si realmente era quien sospechaba. Tanto corrió que acabó tropezando y rodó por los peldaños, hasta quedar a los pies del hombre, que lo miró sorprendido.

—¿Te has hecho daño? —le preguntó.

Se había hecho un rasguño en la mano, aunque parecía que el resto de su cuerpo no había sufrido.

—Vaya, te has hecho sangre. Ven, te curaré...

Mientras le curaba con agua oxigenada, el vecino le dijo, convencido:

—No es nada. Peores son las heridas de guerra.

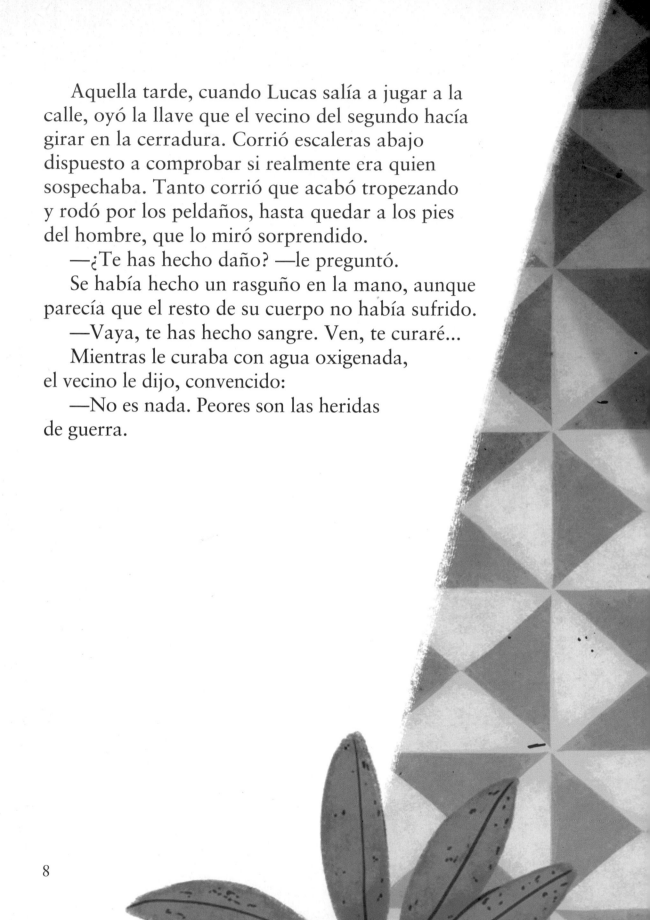

Lucas se dio cuenta de que el hombre lo hacía todo con la mano derecha y la otra apenas la movía, la tenía paralizada.

—La perdí de una manera heroica —dijo el hombre con orgullo—. Y nunca me ha impedido llevar una vida normal. ¿Sabes? Mi padre era practicante en Alcalá de Henares, donde nací. Yo aprendí de él.

—Gracias, señor… —Lucas no sabía el nombre del vecino.

—Me llamo Miguel. Espero que tengas una buena tarde. A pesar de que no haya empezado muy bien.

El chico no supo qué decir porque no salía de su asombro. Una nueva pista le decía que sí era Cervantes: los dos se llamaban Miguel.

En vez de bajar a la calle, Lucas subió a casa dispuesto a consultar la biografía de Miguel de Cervantes.

—¡Nació en Alcalá de Henares! —leyó—. Su padre era médico practicante y le hirieron en el brazo en la batalla de Lepanto.

Todo coincidía. ¡Qué emocionante era tener un vecino tan famoso!

De pronto escuchó un ruido que provenía de la planta de abajo. Un grupo de jóvenes extendía una pancarta en el balcón del vecino que decía: «Stop desahucios». Su madre le explicó el significado de esas palabras.

—Quieren echarlo de la casa —le dijo—. Será que no puede pagar la hipoteca o el alquiler.

—¿Pueden hacer eso? —preguntó Lucas con los ojos muy abiertos.

—Me temo que sí —afirmó su madre—. Las leyes deberían estar para proteger a los señores mayores, a la gente más débil. Le diremos que cuente con nosotros si nos necesita. ¿Te parece bien, Lucas?

Bajaron a hablar con el vecino, que estaba muy triste.

—¿No cobra usted jubilación? —le preguntó la madre.

—Bueno, algo. Trabajé unos años de recaudador, aunque acabaron echándome. Luego me dediqué a escribir... pero no vendí demasiados libros. La literatura es lo más maravilloso del mundo, pero no da de comer.

—¡Escritor! —gritó Lucas—. ¡Eres escritor! ¡Lo sabía!

Su madre empezó a tirar de él para que dejase de gritar y subiera a casa. No estaba bien que Lucas se comportara así, pero no quería regañarle delante de don Miguel. Al fin, consiguió que se despidiera y entrase en casa.

Lucas volvió a buscar información en el ordenador y leyó que Cervantes había sido recaudador de impuestos después de regresar de su cautiverio en Argel. Al final de su vida, Cervantes había vivido casi en la miseria, apenas podía pagar el alquiler.

Le pareció tan injusto que el mejor y más famoso de los escritores españoles hubiese vivido tan mal sus últimos años, que se prometió que al don Miguel del siglo XXI no le pasaría lo mismo.

Al día siguiente lo castigaron porque, en vez de atender en clase, se dedicó a mirar el retrato de Cervantes que aparecía en el libro de Lengua. Era como si le hablase: «No dejes que me echen de mi casa», le decía.

Camino de la escuela se encontró con don Miguel y le contó sus penas:

—Me han castigado por no estar atento. Me quedaré sin recreo toda la semana.

—¡Vaya! —exclamó el hombre—. Eso es grave. Pero no puedes dejar de ir. ¿Quieres que te acompañe? Si vamos hablando por el camino seguro que se te olvida un poco el disgusto.

—¿Si yo te cuento cosas que me pasan podrías escribir un libro y yo sería el protagonista? —le propuso el niño.

—Sería divertido.

—Hoy lo que me gustaría de verdad sería escaparme del colegio —suspiró Lucas.

—Una vez, yo me fugué de un lugar donde me tenían cautivo —aseguró don Miguel.

—¿De verdad? ¿Cómo lo hiciste?

—Todos los lugares tienen algún punto menos vigilado por donde huir.

Cuando llegaron a la puerta del colegio una sola idea llenaba el pensamiento de Lucas: fugarse.

Cervantes sabía más que nadie sobre fugas, pues había intentado huir de su cautiverio en Argel varias veces.

Lucas decidió imitarlo y escaparse a la hora del recreo. Sus compañeros corrieron al patio y él se quedó castigado. Aprovechando que la maestra había salido sin decir nada, se asomó al pasillo. Sin hacer ruido, se encaminó hacia las escaleras que descendían a la planta baja. Lucas encontró a su paso todas las puertas abiertas y ningún adulto por el camino. Hasta que llegó a la cocina. La puerta de salida a la calle estaba despejada.

El repartidor que traía el pan había aparcado su furgoneta frente al colegio y la valla, en ese punto, estaba abierta de par en par: la puerta para escapar a la libertad. A Lucas le sorprendía que fuese tan fácil fugarse y salió a la carrera por la acera.

COLEGIO

PANADERÍA

21

A los pocos metros se paró. ¡Era libre! ¿Pero dónde podía ir una mañana de miércoles? En esos pensamientos andaba cuando sintió una mano que lo agarraba.

—¿Se puede saber qué haces tú aquí? —dijo una voz grave.

Era don Marcos, el director del colegio. ¡Vaya mala suerte! Lo miraba muy serio: con esos ojos como de águila y ese bigote tan poblado daba un poco de miedo. Con cara de pocos amigos, don Marcos se lo llevó dentro y volvió a dejarlo en la clase.

—Luego nos explicarás qué hacías fuera del colegio a la hora del recreo —le dijo muy serio.

—¿Por qué te has escapado del colegio esta mañana?
—preguntó enfadado su padre cuando llegó a casa.

—Me quería fugar —dijo—. No quería estar castigado sin recreo toda la semana. Además, ha sido el vecino, don Miguel de Cervantes, quien me ha enseñado cómo fugarme. ¿Sabes que él se escapó de la cárcel varias veces?

Sus padres se miraron desconcertados.

—Este niño tiene demasiada imaginación —aseguró su madre.

2

Esa misma noche, Lucas escuchó a sus padres charlando con el vecino en el descansillo de la escalera. Hablaban en susurros, pero pudo reconocer algunas palabras:

—Tiene muchas fantasías… Se escapó del colegio… Por favor, usted….

Pero no llegó a oír la respuesta de don Miguel. Escuchó cómo la puerta se cerraba y los pasos de sus padres subiendo la escalera.

Se metió en la cama y se hizo el dormido, solo podía soñar con don Miguel de Cervantes huyendo de la cárcel, perseguido por soldados bigotudos como el director del colegio.

Se despertó a media noche y pensó que aún seguía
soñando. Escuchó a lo lejos una voz que gritaba y el
sobresalto le hizo agarrarse a la almohada.

El sonido provenía de debajo de la cama, como si alguien
se peleara con un gato escondido. Hasta que reconoció la
voz de don Miguel, que parecía discutir consigo mismo, pues
no se oía a nadie más.

Don Miguel, como don Quijote, se peleaba con las sombras. Las confundía con los malvados que pretendían echarlo de su casa. Tan obsesionado estaba, que acabó enfermando.

27

Lucas pensó que algo ocurría con su vecino, porque llevaba varios días sin verlo.

Convenció a sus padres para que le dejasen bajar a verlo. Don Miguel le recibió con aspecto cansado. Lo miró con ojos de ave rapaz, muy serio, y a Lucas le pareció más alto que nunca.

—¿Te has vuelto a fugar del colegio? —le preguntó.

—No —dijo con timidez.

—Me han dicho tus padres que crees que soy Cervantes, el escritor —soltó el hombre, de pronto.

—Es que… te pareces mucho, y él también vivió en esta casa —acertó a decir.

—En esta casa no, en una que había en este mismo sitio —precisó don Miguel.

—Bueno, eso.

—Es una locura, ¿no te parece, Lucas? Vivimos en el siglo XXI y él murió en el XVII. Yo podría ser un fantasma o haber traspasado el túnel del tiempo —dijo—. Quizá en esta casa haya un pasadizo que nos lleva de un época a otra y yo lo he atravesado para saber cómo es el mundo cuatrocientos años después. Si fuera así, lo mejor de este viaje sería haberte conocido a ti.

Lucas pensó que podía estar ante el escritor más importante del mundo.

—¡Yo quiero que me conviertas en uno de tus personajes! Quiero salir en un libro y convertirme en inmortal, como el personaje de don Quijote.

—Ya veremos qué se puede hacer —rio don Miguel.

Todas las tardes, Lucas se acercaba un rato a casa de don Miguel, quien le contaba historias divertidas. Por ejemplo, la de *La gitanilla* que iba cantando por las calles de Madrid y lo hacía muy bien.

O la de *Rinconete y Cortadillo,* dos niños de la calle que corrían muchas aventuras.

O la de los dos perros, *Cipión y Berganza,* que hablaban como personas y se contaban el hambre que habían pasado con sus diferentes dueños.

Y hasta la increíble historia de *El licenciado Vidriera,* un hombre que se creía de cristal y no dejaba que lo tocasen por

si se rompía. Y, por supuesto, *Don Quijote de la Mancha,*
el caballero andante más aventurero y divertido de la
historia.

Sin embargo, don Miguel se encontraba cada vez más débil, más delgado y ojeroso. Lucas, preocupado por su amigo, quiso saber cómo fueron los últimos años de la vida de Cervantes. Descubrió que fue bastante pobre y que murió de una enfermedad llamada diabetes, relacionada con el exceso de azúcar en la sangre. Los que tienen esa enfermedad no pueden tomar dulces.

Una tarde, Lucas encontró a don Miguel dentro de la panadería, contemplando las palmeras de chocolate con ojos golosos. Y entró dispuesto a impedirle que se comprase una.

—Hola —le saludó don Miguel—. ¿Vienes a comprar el pan? Te invito a un dulce. Hasta ahí me lo permite mi economía. Lupe, guapísima —le dijo a la panadera—, a ver qué quiere este chaval.

Lupe era una mujer grande y gruesa, con una verruga negra en la barbilla.

—¡Yo quiero una palmera de chocolate! —soltó Lucas, antes de que el hombre se arrepintiese.

—Querida mía —le habló a la panadera—, este muchacho parece muerto de hambre. Menos mal que tiene en ti a una bella salvadora de hambrientos.

La mujer rio a carcajadas al tiempo que todas sus carnes se movían al compás.

—¡Qué cosas tiene, don Miguel! —respondió la panadera con voz cantarina—. Da gusto que venga usted por aquí.

Los dos salieron de la panadería, Lucas con su palmera, y el vecino con una barra de pan bajo el brazo.

—Es hermosa, ¿verdad? —le dijo nada más salir.

—¿Quién? ¿La panadera? —preguntó Lucas extrañado—. Si hermosa quiere decir grande… sí, lo es.

—Lupe es la más bella de las mujeres del barrio —soltó el hombre—. Su rostro es angelical…

—¡Pero si tiene una verruga en la barbilla!

—Es una peca —suspiró el vecino—. ¡No la has observado bien!

Entonces recordó lo que le había contado don Miguel sobre don Quijote. El caballero andante estaba enamorado de Dulcinea, una campesina muy fea que cuidaba cerdos, pero él la veía como la mujer más bella del mundo.

—Voy a la plaza, a sentarme un rato, ¿te vienes? —le propuso su vecino.

Lucas aceptó la proposición y caminaron al ritmo lento de don Miguel.

Escogieron un banco de piedra, en el centro de la plaza, desde donde se contemplaba bien a la gente paseando y en las terrazas de los bares.

—Una buena conversación es un placer, de los pocos que me quedan —aseguró don Miguel—. La palabra es lo más poderoso que existe.

—¿Lo más poderoso?

—Sí, con la palabra puedes aprender, convencer, soñar, viajar a mundos lejanos, imaginar, crear nuevas ideas, relacionarte con los demás… Sin la palabra nada de todo eso sería posible. Por ejemplo —continuó el hombre—, gracias a la palabra me puedes contar algo emocionante que te haya ocurrido o inventártelo. Será una bonita historia.

Lucas jamás se había inventado una historia, pero enseguida se dio cuenta de que, después de haber escuchado al vecino, se le ocurrían un montón. Y se puso a contar las aventuras que corrió una noche con la bruja Escobazos, lo que le pasó el día que se cayó en una alcantarilla y cómo unas águilas lo transportaron hasta la casa de su abuela en el pueblo.

Lucas se dio cuenta de que la influencia de don Miguel le había convertido a él también en un contador de historias. ¿Tendría superpoderes aquel hombre?

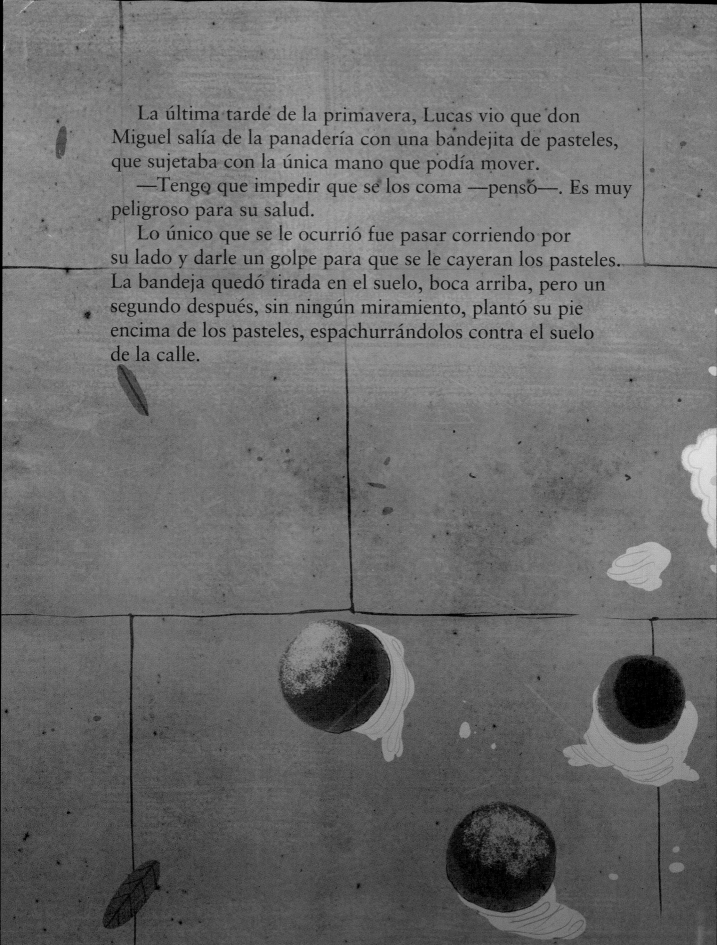

La última tarde de la primavera, Lucas vio que don
Miguel salía de la panadería con una bandejita de pasteles,
que sujetaba con la única mano que podía mover.

—Tengo que impedir que se los coma —pensó—. Es muy
peligroso para su salud.

Lo único que se le ocurrió fue pasar corriendo por
su lado y darle un golpe para que se le cayeran los pasteles.
La bandeja quedó tirada en el suelo, boca arriba, pero un
segundo después, sin ningún miramiento, plantó su pie
encima de los pasteles, espachurrándolos contra el suelo
de la calle.

El vecino se quedó mirando la bandeja aplastada, de la que salía crema por todas partes. Luego miró al niño sin entender nada.

—Lo siento —dijo Lucas—. Venía corriendo a saludarte y he tirado los dulces sin querer.

—¡Eres un chiquillo atolondrado! —exclamó don Miguel muy enfadado—. Te mereces una reprimenda y un castigo.

—No ha sido sin querer —confesó Lucas—. Lo he hecho por tu bien. Sé que tienes diabetes, que no puedes comer dulces.

—¿Y quién te ha dicho que los pasteles eran para mí? —le preguntó—. Pensaba invitar a merendar a mi casa esta tarde a mi querida Lupe. Sé que a ella le encantan los pasteles de crema. También pensaba invitarte a ti, pero ahora… se acabó la merienda antes de empezar. No tengo dinero para más pasteles ni ganas de que un chiquillo me los pisotee.

—Yo… no sabía… —tartamudeó Lucas.

—¡Fuera de mi vista! —le gritó.

Don Miguel nunca le había hablado así. Lucas se quedó muy triste, plantado en medio de la calle, viendo cómo el vecino se alejaba refunfuñando.

¡Vaya metedura de pata! Solo había una solución, volver a comprar esos pasteles de crema. Lucas tenía algunos euros guardados, estaba en juego la amistad de don Miguel y también sus propios sueños.

Apenas media hora después, Lucas llamó a la puerta de
don Miguel con una bandeja de pasteles en la mano, más
grande que la que había pisoteado, porque su amigo lo
merecía.

—Quiero que me perdone. No lo hice con mala intención.

El vecino sonrió, tomó con cuidado los dulces y le invitó
a pasar.

—He invitado a merendar a Lupe. Y ahora también a ti.
Ayúdame a disponerlo todo.

En unos minutos, la mesa estaba preparada: el mantel
de hilo, las tazas, los pasteles y ellos dos sentados a la mesa,
muy nerviosos, esperando a la panadera.

Cuando llegó Lupe, don Miguel y Lucas se quedaron con la boca abierta. No parecía la misma. No llevaba el gorrito blanco que le recogía el pelo en la panadería, ni esa especie de delantal de rayas. Iba vestida con un traje de flores, el cabello le caía por los hombros en rizos castaños y un broche con forma de estrella le recogía el lado derecho. Se había pintado los labios de rojo y las pestañas aleteaban como mariposas coquetas.

—¿Puedo pasar? —preguntó al ver que se habían quedado parados—. Estoy deseando probar esos pasteles.

La tarde transcurría plácidamente, entre dulces y risas, cuando don Miguel le preguntó a la panadera:

—¿Por qué no nos cuentas cómo aprendiste a hacer pan?

La mujer puso cara de extrañeza, al principio no sabía qué responder pero de pronto cambió su rostro. El niño conocía esa sensación: la misma que él sintió cuando le contó a don Miguel aquellas historias inventadas.

Lupe les explicó cómo consiguió la receta de un pan muy especial, que sirve para hacer más felices a las personas y cómo llegó a la ciudad y al barrio.

Lucas pensó que los superpoderes de don Miguel convertían a cualquiera en un inventor de historias.

¡Qué bien se estaba compartiendo historias alrededor de una buena bandeja de pasteles de crema!

Habían pasado varios días desde la merienda en casa de don Miguel y Lucas no había vuelto a ver al vecino.

Una tarde, al regresar del colegio, vio una carta que sobresalía de su buzón. «Para Lucas» ponía únicamente

en el sobre. Le dio un vuelco el corazón porque reconoció la letra de don Miguel sin haberla visto nunca. Un presentimiento gris le asaltó. Subió corriendo las escaleras hasta el segundo y pegó el dedo al timbre, pero no sonó. Luego se dispuso a aporrear la puerta y, con el primer golpe, se abrió despacio.

Lucas se asomó y llamó al vecino, pero nada se oía dentro de aquella casa. Asombrado, se dio cuenta de que los muebles habían desaparecido y, con ellos, los cientos de libros de las estanterías. No quedaba ni rastro de don Miguel. ¿Cómo se había mudado sin que él se enterase?

La tristeza le subió a los ojos, se sentó en el suelo como un soldado derrotado, y se puso a llorar. Con los ojos empañados en lágrimas abrió el sobre con rabia y leyó:

Querido Lucas:

Perdona que me haya ido sin despedirme, habría sido doloroso para los dos y prefiero no contemplar tu tristeza.

Quiero darte las gracias por la amistad que me has regalado, por haberte portado tan bien con un anciano como yo. Los niños no suelen hacer caso de los viejos y casi nunca escuchan lo que tenemos que contar. Tú me has escuchado.

Me marcho al campo, a la casa que una sobrina tiene en un pueblo de La Mancha. Allí estaré bien y tranquilo, aunque seguro que ella tampoco me deja comer pasteles de crema. Te echaré de menos, pero sé que serás feliz: sabes dar afecto y, sobre todo, crees en el poder de la imaginación.

En mis ratos de soledad escribiré tu historia. Hablaré de ti en un libro. Pronto lo verás en el escaparate de la librería del barrio, aunque no esté firmado con mi nombre. Mis novelas, ya las conoces, aunque aún te falten unos pocos años para leerlas enteras. Será una manera de reencontrarnos. Eres un chico listo y has sabido ver en mí lo que otras personas no.

Nunca dejes de soñar.

Miguel

Nada más. No dejaba ningún número de teléfono ni ninguna dirección. ¿Dónde estaría ese pueblo de La Mancha? Lucas se resistía a pensar que no volvería a ver al vecino. Bajó corriendo las escaleras en dirección a la panadería.

Lupe atendía a los clientes con una sonrisa en los labios. La panadera le sonrió y enseguida comprendió a qué se debían las lágrimas que aún corrían por sus mejillas.

—No estés triste, Lucas. Él está muy bien —dijo guiñándole un ojo.

De una cesta que tenía a sus pies cogió una barra de pan, dorada y caliente, y se la regaló al niño.

—Además, él me prometió que saldríamos en un libro.

De vuelta a casa, pellizcó un trozo de pan y se lo comió.
El sabor del pan era distinto a todo lo que había probado en
su vida. Sabía a pan recién sacado del horno pero también
sabía a chocolate y a crema, sus dulces favoritos, y a
macarrones con tomate y a filete empanado. Pero lo mejor
de todo era que sabía a otras cosas que jamás había
probado, a cosas que no se podían comer. Aquel pan sabía
a beso de buenas noches, a caricias, al sonido del timbre a
la hora del recreo, a victoria en un partido de fútbol, al
calor de la manta en invierno, a la brisa del mar en verano,
al olor de la tierra cuando llueve, a la tarde que merendaron
pasteles de crema en casa de don Miguel, al abrazo de mamá
y a la risa de papá.

Nunca se había sentido tan feliz. Tanto que no se dio cuenta de que el sobre había desparecido de su bolsillo. Nadie se lo había quitado, no se le había caído, pero ya no estaba. Aquella carta pertenecía al mundo de los sueños, y allí había regresado.

Si tienes este libro entre tus manos, si has leído esta historia, sabrás que don Miguel cumplió su promesa: Lucas es el protagonista de un libro.

Querido lector:

Hasta este momento me he escondido detrás de los personajes y de la acción, pero ha llegado el momento de confesar quién soy.

Lucas es un chaval muy listo. Enseguida se dio cuenta de que yo no era un vecino más, sino el vecino más importante que uno puede tener, aunque esté mal que yo lo diga.

Tengo que cumplir mi promesa: convertirlo en personaje de una novela. En pleno siglo XXI es imposible que aparezca una novela infantil de Miguel de Cervantes, así que lo escribiré y se lo pasaré a algún escritor para que lo intente publicar. ¿Cómo lo haré?, te preguntarás. Usaré mis superpoderes, cómo decía Lucas, y a través de la lectura de mis libros le traspasaré esta historia al escritor.

Elegiré a alguno a quien le gusten mis novelas, eso es imprescindible. Estoy pensando en una autora que vive cerca del barrio y que pasa por aquí muchas veces contando las historias que esconden estas calles y habla de mí a quienes la acompañan. Pondré en su cabeza este relato, igual que puse esas aventuras prodigiosas en la imaginación de mi pequeño amigo.

Debo despedirme, pero es solo un hasta pronto. Nos reencontraremos, dentro de pocos años, en los libros que escribí. Allí te espero, lector, no faltes a la cita.

Y, sobre todo, nunca dejes de imaginar, eso te dará superpoderes. Igual que a mí.

Miguel de Cervantes